超人喬治
BABY POWER

著 胡若亞 · 呂泓逸　繪 PEI

Preface

二寶的生活，真的好難啊！各位爸爸媽媽辛苦了！

George是一個非常需要超能力的孩子，因為在他出生後，媽媽的凡人力無法在哥哥、工作、生活中找到平衡，因此George 是由兩邊的長輩擔任主要照護者，度過他的0～1歲。從來沒有想過自己也會吃上教養的全餐（親職、隔代），帶著愧疚和祝福，希望George平安順利地開始他自帶超能力的一生。

Baby需要什麼超能力呢？當然就是健康平安發展囉！除了George 本身的一些特徵（例如：他真的哭的好大、好大聲啊！），也參考了兒童發展手冊中各個發展指標。

「不怕不怕」稍微偏向了我和大寶之間的一個小故事，而「喬治超人」，是一個希望能夠療癒所有爸爸媽媽的故事：baby哭了的時候，自己也想哭的那種經驗；擔心他們不會準時翻身或有粗動作等等的那種經驗；手忙腳亂的照護，常常還需要很多後援的那種經驗——原來都是小超人們的超能力啊！

先生在執業的過程，一直都最強調「溫暖」，這對我們夫妻來說，是一本溫暖又療癒的書，也希望爸爸媽媽和超人們都喜歡這本書（笑）。

#媽寶研究室 #溫暖生產 #呂泓逸醫師

Joe 若亞　2023.12.30

我叫喬治，我是一個嬰兒。
但我真實的身分，是一個超人。
身為一個超人，我必須常常出遊巡視，
確保我的人民安全。

我的超能力招式「哇哇」無人能及。
舉例來說，當我坐在遊戲墊上，
想拿在床上的小毯子，
「哇——哇哇—」
毯子就會自動飛到我懷中。

當ㄉㄤ我ㄨㄛˇ看ㄎㄢˋ到ㄉㄠˋ好ㄏㄠˇ吃ㄔ的ㄉㄜ飯ㄈㄢˋ飯ㄈㄢˋ
「哇ㄨㄚ——哇ㄨㄚ哇ㄨㄚ—」
飯ㄈㄢˋ飯ㄈㄢˋ就ㄐㄧㄡˋ會ㄏㄨㄟˋ飛ㄈㄟ到ㄉㄠˋ我ㄨㄛˇ口ㄎㄡˇ中ㄓㄨㄥ

當我想要睡覺
「哇——哇哇—」
我就使出超人神力， 瞬間移動到床上

當我需要抱抱
「哇——哇哇一」
就有兩隻手會把我抱起來

當便便大軍襲擊

「哇——哇哇—」

超能力也有壞處，
他的威力太強了。
當我想跟萌萌小王子玩的時候

「哇——哇哇—」
結果他大叫（弟弟～ 很兇～ ）跑開了

拍手神功！
當我拍手，萌萌小王子也會拍手

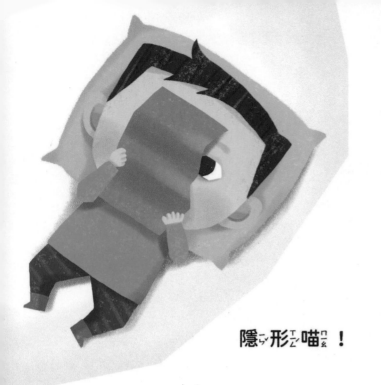

後來
我又發展了更多超能力

隱形喵！

瞬間移動

火球功！

去去走！

老ㄌㄠˇ鷹ㄧㄥ招ㄓㄠ！

獅ㄕ子ㄗˇ功ㄍㄨㄥ！

蜘ㄓ蛛ㄓㄨ人ㄖㄣˊ！

後(ㄏㄡˋ)來(ㄌㄞˊ)，爲(ㄨㄟˋ)了(ㄌㄜ˙)保(ㄅㄠˇ)衛(ㄨㄟˋ)家(ㄐㄧㄚ)園(ㄩㄢˊ)，我(ㄨㄛˇ)升(ㄕㄥ)級(ㄐㄧˊ)了(ㄌㄜ˙)「哇(ㄨㄚ)哇(ㄨㄚ)」

「阿ㄚ嬤ㄇㄚˋ～阿ㄚ～～嬤ㄇㄚˋ」

「抱ㄠˋ抱ㄠˋ我ㄜˇ—抱ㄠˋ抱ㄠˋ我ㄜˇ—」

我ㄨㄛˇ甚ㄕㄣˋ至ㄓˋ學ㄒㄩㄝˊ會ㄏㄨㄟˋ了ㄌㄜ˙愛ㄞˋ的ㄉㄜ˙電ㄉㄧㄢˋ波ㄅㄛ

就這樣，超人忙碌又充實的一天結束了，
在我的保衛下，
全家人度過了平安的一天！

Special thanks

謝謝Pei，妳的創意、編排和畫風總是療癒著我們。
謝謝夫家爸媽、娘家爸媽、和所有的家人，陪著我們和喬治一起成長。

Alvin & Joe

國家圖書館出版品預行編目(CIP)資料

超人喬治 = Baby Power / 胡若亞, 呂泓逸合著. -- 初版.

新北市：胡若亞, 2024.03

32面；26 x 19公分

注音版

ISBN 978-626-01-2406-9(精裝)

1.SHTB: 圖畫故事書--3-6歲幼兒讀物

863.599   113001200

超人喬治

作　　　者 | 胡若亞・呂泓逸

繪　　　者 | Pei

開　　　本 | 26 x19 x 1cm

頁數/裝訂 | 32頁精裝

出 版 日 期 | 2024年3月1日

定　　　價 | 500元

語　　　言 | 繁體中文

出　版　日 | 2024年3月

出　版　社 | 個人出版

代 理 經 銷 | 白象文化

建 議 分 類 | 童書 / 圖畫書 / 自我認同

翻　譯　書 | 否